KB269609

청산에
뜨는 별
장은종 시집

청산에 뜨는 별

현직에 있을 때 지상(紙上)에 소개되었던 글을 바탕으로 퇴근해서는
한 사람의 인간으로
퇴직해서는 자연을 벗 삼으며 붓을 들었다.

미사여구를 더 찾으려고 하지도 않았다.
그냥, 마음속에서 우러나는 생각을
붓 가는 데로 그렸을 뿐이다.
점 하나 찍어야 할 곳, 다듬어야 할 문장이 많아
완숙된 글은 아니지만
보는 이들이 어머니 뱃속에서 발가벗고
가슴을 연 그대로 내 마음을
읽어 주었으면 한다.

차례

연둣빛 * 마음

봄

누나의 수틀에서
보았던 봄이
이젠
커다란
지구 위에
수를 놓습니다

꽃망울이 꿈틀
새싹이 뾰족
땅이 갈라지고
하늘이 열립니다

벌 나비 초대한
높은 곳에서
벚꽃이 탐스러운 미소를 짓고

양지바른 언덕엔
봄이
아지랑 아지랑
피어오릅니다

봄비

메마른 가지 위에
봄이 내린다
연둣빛 새싹
나오라는 가봐

돌 틈새 제비꽃이
고개를 든다
잠이 깬 목련이
옷을 벗는다

보랏빛 제비꽃
피우려는 게지
화사한 목련꽃
피우려는 게지

봄바람

봄바람 봄바람은
화가인가 봐
한 번 지나가면
벚꽃이 피고
또 한 번 지나가면
진달래 핀다

봄바람 봄바람은
개구쟁이야
한 번 지나가면
개나리 지고
또 한 번 지나가면
목련이 진다

가을 1

파란 바람이
한 아름 안겨 오면
아이들이 새 쫓는 소리
가을을 부르고

노란 벌판에
허수아비 땀 흘릴 때
가을은 성큼
발 앞에 선다

고추잠자리 아름답게
하늘을 수놓을 때
농부들의 풍성한
미소를 본다

윤권이의 겨울

매화꽃 같은 흰 눈이
고향을 잠재운다
연못에선
아이들이
썰매를 지친다

챡! 챡!
팽이가 윙! 윙!
윤권이는
강아지 잔등에
썰매를 묶어 메고
끼랴!
어서 가자

하늘에 뜬
방패연이
커다란 배꼽을 드러내고
까르르
맴돈다

가을의 길목

하늘엔 흰 구름
두둥실 떠 있고
바람은 시원하다

칡덩굴 우거지고
도토리 영글어간다
다래 덩굴 춤추고
산머루 익어간다

햇살은 따갑지만
하늘은 높고
느티나무에 쓰르라미
가는 여름을 아쉬워하고

무덥던 여름은
흰 구름에 실려
어디론가
자꾸만 흘러간다
가는 여름
오는 가을

귀뚜라미와 가을

섬돌 밑에서
동주골 뜨락에
님이 오고 있다고
알려주고 있습니다

내일 아침
잠자리에서 일어나면
님은
성큼
문밖에 와 계시려나?

오시면
나의 달콤한
밀어도 듣지 않고
입맞춤도 저 버린 채

또 찬바람 타고
휙!
떠나 버리시겠지?

섣달 그믐밤

저 멀리
오두막집에
호롱불이 깜박이면
머리 허연
우리 어머니
떡 써는 소리 들린다

마루 밑에 삽살이
꼬리 치며
반겨 줄 때
내 마음
성큼
고향 집 댓돌 위에 선다

핼리 혜성

일흔여섯 해 전
발가벗고 멱 감던
어린아이가
거의 다 별이 되고

몇 명은
머리 허연 노인이 되어
옛날이야기를 한다

일흔여섯 해 전
자기가 할아버지께 듣던
그 옛날이야기를

막내 손주 무릎에 앉히고
군밤 벗겨 먹여주며
- 옛날, 옛날 아주 먼 옛날에 -

내가
다시 돌아올 때면
저 꼬마가
또 손자, 손녀 무릎에 앉히고
옛날이야기를 하겠지
- 옛날, 옛날 아주 먼 옛날에 -

아버지의 추억

다시는 올 수 없는
지나간 세월

창포꽃 꺽어들고
가재를 잡던
두고, 두고
생각키는
빛바랜 추억

들치면 들칠수록
희미해지는
기적을 울리며
지나간 추억

등 너머 비탈진
언덕 위에는
조그만, 조그만
초가집 하나

엄마랑 아가랑
살고 있었지
언제나 정답게
살고 있었지

멀리서 소달구지
덜컹거리면
아가는 문을 열고
내다봅니다

멀리 간 아빠가
오시나 하고

마음(心)

이리 뒤적
저리 뒤적
해묵은 책
뒤적이다

파란색 아름다운
너희 마음을
아름답게 빛나는
너희 마음을
가슴속 가득
주워 담았다

보석같이 빛나는
너희 마음에
세상 때 묻히는 맘
무척 괴롭다

먼 훗날
너희가 어른이 되면
웃음꽃만 활짝 핀
너희 세상을
너희들 꿈대로
만들려무나

사랑 고픈 아이

1박 2일
마냥 손을 잡고
놓지 않으려 했습니다
내 아이는
사랑 고픈 아이입니다

30m를 달리는데
8분이 넘게 걸렸지만
내 아이는
최선을 다했습니다

며칠 더
함께 있으면
안되느냐며
쳐다보는 눈은 순수함
바로 그것이었습니다
내 아이는 사랑 고픈 아이였습니다

나는
잘 알아듣지 못하는
이야기를
자꾸만
재잘거리며
무척이나 즐거워했습니다
내 아이는 사랑 고픈 아이였습니다

비

빛바랜 벽에
걸려있는 사진에서
도란, 도란 들려오는
물 흐르는 소리

낡아 빠지고
삐그덕거리는
건물 한 모퉁이에서
빗속으로 사라진
재잘거림을 듣는다

창문을 두드리는
빗방울의
노크 소리

우산 속으로
사라져간
재잘거림이
아직도 여운으로 맴돌고…

가을(秋)

하늘이 파랗고
높아만 가니
마음이 불안하다

들판에 들국화
흐드러지게 피었으니
더, 더욱
마음이 불안하다

간밤
기러기 달 속으로 날아가니
내 마음 저려온다

이제
아름다운 가을을
빼앗길 것 같은
불안한 마음이 든다

가을 2

신나무 이파리
파르르르
잠자리 되어 날고

노오란 은행잎이
나폴, 나폴
나비 되어 내려오면

사랑방 창문에
빠알간
코스모스 수를 놓고

섬돌 밑
귀뚜라미 소리에
가을이 깊어간다

문풍지 빛깔의 이야기

문풍지 빛깔의
이야기들이
잠들지 못하는 베갯머리에
화톳불처럼
일어납니다

군밤처럼
고소한 이야기
고추가 타는 듯한
매운 이야기

가물, 가물
등잔불처럼 가물거리다
기름을 만난 듯
활활 탑니다

베개를 태우고
이불을 태우고
마침내
내 몸마저 불사릅니다

가물, 가물
문풍지 빛깔의
이야기들이
소지 올리듯
포르르 살아집니다

반계

구천봉 아래
다람쥐 놀이터인
은행나무 한 그루

그 앞에
아담하게 둥지를 튼
반계초등학교

봄이면
앞동산 솔숲에
분홍빛
웃음을 터트리고

가을이면
은행잎이
노랗게 물드는
아름다운 교정에서

꽃보다
아름다운 심성을 가진
반계 어린이들이
예쁜 마음을
조롱, 조롱 엮었구나!

세월이 흘러
먼일 후
지나온 초등학교 시절이
생각나면
이 책을 살짝 열고
추억의
타임머신을 타보자

비가 오기에

자연의 초록빛이
살금, 살금
치악산 자락을 기어오르더니
이제는
치악산 정상을
점령해 버렸다

우리에게
목표가 무엇이며
정상은
과연 어디에 있는 것일까?

먼일 후
머리 허연 노인이 되어
정녕 나는 목표에 도달했으며
정상을 점령했다고
마음 편한 미소를 지을 수 있을까?

초록빛 추억

초록빛
싱그러움에 젖어있는
오월이 가기 전에
초록빛 책장을 뒤적인다

한 장 넘기면
작년이 있고
또 한 장 넘기면
그 전해가 있다
한 장, 한 장에
담겨진 추억

어느덧 나는
그 속에 잠긴다
지난날과 만날 수 있는
예쁜 추억
아름다운 지난날을
가슴에 안아본다

너무 꼬옥 안아
파문이 일어난다

한쪽엔
해맑은 너희 얼굴이 있고

또 한쪽엔
개구쟁이가 있다
먼 훗날
초록빛 이파리가
퇴색된다 해도
난 그 아름다운 추억을
잊지 못할 거야

고향

산과 들이 초록빛
오월이 오면

뻐꾸기 숲속에서
애닲게 노래하는
오월이 오면

산으로 둘러싸인
내 고향 꿈을 꾼다

갯 철쭉 붉게 물든
맑은 냇물에
뒷동산이 반쯤 잠기면

물고기 발밑에서
숨바꼭질하던
보고픈 고향
가고픈 고향

찔레꽃 향기에
시간을 잊고
조약돌 사이에
달팽이 줍던

오월의 내음이 물씬 풍기는

보고픈 고향

가고픈 고향

덜 영근 칠월

풀벌레
소리에
칠월 보름달이
포동포동 영글어간다

귀뚜라미 노래 따라
덜 찬 달 거울 속에
직녀가 서서 있고

하룻밤 만났던
견우가 그리워서
직녀는 오늘 밤도
서서 기다리려나

조금 모자란
열사흘 달이
못내 안스럽다

꽉 차고
풍족하면
스러지는 것이
아쉽겠지!

상사화

핑크빛 연지 곤지 찍고
이제야 도착했구나

이른 봄부터
너를 기다리던 짙푸른 잎은
떠나간 지 오래인데,

상사화 너 홀로
외롭게 피었구나

밤이면 저 하늘에
달과 별을 보며
고독함을 이겨내렴

옥잠화

녹색 방석 위에
머리에
옥비녀를 꽂고
다소곳이
앉았구나

우아한 잠두
날씬한 몸매
흰 이슬 머금더니
잠두를 열어
인간에게
향기를 주는구나

너야말로
천상 선녀가
머리에 꽂는
옥잠화가 아니겠냐!

찔레

약으로 쓰려고
찔레순을 따러 갔다

조심, 조심
찔레순을 따는데

아 얏!
찔레야
할아버지 손 찔렸어,

할아버지!
순을 따면
나도 아야 해요
꽃도 못 피우잖아요
꽃을 못 피우면
열매도 못 맺구요

나는 찔린 손을
호호 불며
찔레를 돌아보며
산을 내려왔다

꽃밭

능소화가
흐드러지게 피었다
벌개미취도
꽃망울을 터트린다

맨드라미도
피기 시작한다
옥잠화가
잠두를
틀어 올리기에

상사화는?
옆을 보니
뾰족 고개를 내민다

풀을 뽑다 보니
옆에 있던
잡초가
할아버지
나도 꽃피우는데
여기 살면
안될까요?

오전에

제초제를
두통이나 쳤는데,
마음이
찡~하다

그래도
못 들은 척
고개를 돌리고
휙! 낚아채고 말았다

지아!

이제는 고등학생인
내 손녀 지아!

첫 돌이 지난
추석 이틀 전날
감기로 입원했던
내 손녀 지아!

세월이
십수 년 흘러갔건만
아직도
누워만 있는
내 손녀 지아,

나는 아직까지
손녀에게
하부~
한마디 밖에
들어보질 못했다

언젠가는
할아버지! 하며
일어나서
내게 다가오겠지

낙엽이 가는 길

연둣빛
새싹으로
세상을 맞이하고

포화 같은
태양 빛에
몸을 단련해서

무지개 빛깔로
人間(인간)의 눈에
행복을 주더니

찬바람에
퇴색되어
포도 위에
나뒹군다

미래의
후손에 대한
사랑을 꿈꾸며
사람의
발아래
짓이겨지고 있다

봄날 아침

딱따구리가 또르르르
새날이 밝았다고
인사를 한다

창문을 여니
앞산에
여명이 밝아온다

뒷동산
오솔길을 걷는다
가랑잎 속에
꽃다지가
곱게
눈웃음 짓는다

누가 볼세라
은근슬쩍
숨어서 피었구나

눈 오는 봄날

삼월 열아흐레
눈이 펑펑 내린다
봄이 오던 대지를
하얗게 덮어버린다

잠에서 깨어나던
상사초가
얼른 눈 속으로
숨어 버렸다

긴 세월
피멍 들었던
가슴을
보듬어 주나 보다

맑고 밝은
따듯한 봄을
주려나 보다

산천보세(蘭)

추운 겨울
긴 긴 밤을
홀로 지새운
산천보세

이제는
잎보다
꽃대가
키가 훌쩍 컸구나

보랏빛
꽃을 피우려나
노란
꽃을 피우려나

긴
겨울을 이겨낸
결실을
맺으려 한다

봄비 오는 소리

비비추가
땅속에서
뾰족 고개를 내민다

라일락 이파리가
파릇
새싹을 틔웠다

연산홍
꽃봉오리가
통통히 몸집을 부풀린다

만물이
봄비 오는 소리에
잠에서 깨어난다

곡우(穀雨) 날 밤

호젓한 봄밤
휘적휘적
밤길을 나선다

곡우 날 밤이다
하늘에
별들이
마을을 기웃댄다

봄의 밤바람이
옷깃을 흔든다
연못에 개구리도
잠든 밤이다

소쩍새도
구구새도
모두
여행을 가버렸나?

월현(月峴)에 봄밤은
적막 속에
잠들었다

가는 봄

봄이 왔는가
나가보면
봄은 벌써
저만치 가고 있다

벌통 뒤에
제비꽃 한 포기
숨겨놓고
버드나무엔
초록빛 물감을
뿌려주고

봄은
저만치
손을 흔들며
고갯마루를 넘어간다

봄을 보내는
알싸함이
한 줄기 햇살처럼
내 가슴에
내려앉는다

뒷동산에

노을이 진다
노을은 아름답다
노을은 슬프다
노을은 장엄하다

산철쭉

심술꾸러기
봄바람이
벚꽃잎을
연못에
흩뿌리고 떠난 뒤

연못가
물속에선
꽃창포가
뾰족 고개를 내밀면

산철쭉이
초록빛 저고리에
연분홍 치마 입고
노란 꽃술 버선 신고
자태를 드러낸다

소쩍새

밥솥이 적어서
아사(餓死)했다는
며느리의 넋을 가진 소쩍이가
오늘 저녁
뒷동산에
왔나 보다

애절한 소리로
오늘도
솥이 적다고
소쩍, 소쩍

소쩍아
할애비가
마당에다
가마솥을
걸었단다

연분홍 산철쭉

지아야!
올해도 어김없이
산철쭉꽃이
흐드러지게 피었다

해마다
산철쭉꽃을 보면서
지아가
산철쭉꽃 색깔의
옷을 입으면
동화 속에
선녀 같을 텐데
생각을 한다

이제
며칠 후면
분홍 빛깔
산철쭉도
떠나겠지?

사월 밤(四月 夜)

사월 보름 달빛이
안마당에
내려앉는다.

달빛의
안내를 받으며
연못 둑길을 걷는다

달빛 아래
마을이
고요히 잠들면
고향 흙냄새가
코끝에 묻어난다

때마침
뒷동산 솔숲에선
소쩍새가
서쪽으로 가잔다
서쪽 ~ 서쪽 ~

밤에

초야(初夜)에 길을 나선다

시간이 흐르자
개구리들이
목청을 돋우고

앞산에선
고라니가
짝을 찾아
신호를 보낸다

그믐밤이
깊어가자
하늘에
별들이 총총
자리를 잡고
옛날이야기를 시작한다

짝을 찾던
고라니도
목청을 돋우던
개구리도
물안골에
두견새마저도
별들의 이야기에
귀를 쫑긋 세운다

가뭄

오수(午睡)를 즐기던
귓가에 들리는
비 떨어지는 소리

가만히
눈을 뜨고
창밖에 처마를 본다
기왓골을 타고
빗물이 흐른다

비가 와 주나 보다
아침에
호박잎이
쳐 젓더니
비를 주시나 보다

내가
일어나는
소리에 놀라서
비가
도망갈까 봐
살그머니
일어났다

창밖을 보니
잔디가
팔을 벌려
비를 맞고 있다

*망우초(忘憂草)

화려하지 않으면서도
수수한 아름다움을 지닌 꽃

'기다리는 마음'이라는
꽃말을 가진
그윽하게 예쁜 꽃

부모 잃은 형제가
목을 길게 늘이고
굴 따러 간 엄마를
기다리는
부모 잃은 슬픔을
달래주는 꽃

찬 서리에
잎과 줄기가 말라도
떨어지지 않고
겨울을 나는 인내

겨울 땅속
어린싹을 보듬고
추위를 막아주는 부모 마음

이듬해

새싹이 나면
그때 떨어져
거름이 되어 주는 희생

아침에 피었다가
저녁이면 지는
하루만 피는 꽃
그 이름 망우초

*망우초 ~ 원추리

*벌개미취

산들바람이 불어오니
뜨락 한구석에
꽃망울을 터트린다

청초한 몸맵시의
연보라 꽃
벌개미취

아련한 너의 추억을
가슴속에 안고
살아가리니
– 청초, 그리움, 너를 잊지 않으리 –

예쁜 꽃말
가슴에 새기면서

가을 연서(戀書)

벼 이삭이 고개를 숙이고
코스모스꽃 색깔이
유난히도 빨갛게 타더니

지난밤에 귀뚜라미가
앞마당에서
악보도 없이
연주회를 했다

가을이
사뿐히, 사뿐히
발소리 감추면서
밤새 문밖에 와서
서성인 줄을
아침에 문을 열고야 알았다

자고 아침에 일어나면
그것이 부활이고
내게 주신 보너스라는데
오늘도 그 보너스를 잘 써야겠다

지금
가을이 내 고향 들녘을
찾아오고 있나 봐요

이렇게 맑은 가을 햇살이
내 고향 들판에 쏟아질 때

모든 곡식들이
알알이 익어가고

화살 나뭇잎이
가을이 온다는 소식에
볼에
붉은 연지를 찍었네요

가을이
내 정원에
시화전을 열면
당신에게
단풍잎 초대장을 보내겠어요

아리랑

천천히
부르면
한없이 슬퍼지고

빠르게
부르면
울면서 춤을 추게 하는
흥이 절로 나는
우리나라 아리랑

외국인이
아리랑을 부르는 것을 들으면
왠지
나도 모르게
코끝이 찡하고
눈물이 절로 난다

한의 정서가 녹아 있는
아리랑이지만
부르기에 따라서
어깨춤도 추고
가슴을 파고드는 아픔도 있다

조상들의
얼이 담겨있는
아리랑

스페인 국영방송 임재식 단장의 공연을 보고

겨울밤

마당에 놀던
닭들도
횃대에 오른 지
한참 되고

기웃, 기웃
겨울의 짧은 해가
고비덕으로
줄 다름질 치면
겨울의 긴 밤이 시작된다

아기는
할머니 옛날이야기에
귀를 쫑긋 세우고

화롯불에선
고구마가 익는다.
어느새
할머니 무릎에선
아기가
잠꼬대를 한다

찬바람이
문풍지를 울리면
뒷산 솔숲에선
부엉이가 운다

별꽃

어젯밤 하늘에
수많은 별들이
꽃 무리로 피었었다

여명이 밝아오자
스르르
하늘 속으로
자취를 감추었다

내가
지는 별꽃을
못내
아쉬워
가슴앓이를 했더니

이른 아침부터
별꽃이
길옆에
무더기로 내려앉았구나

뒷동산에 ✳ 석양이

새벽이슬

꽃가마 타고
한 세상 살아도
인생

바소고리 지고
한세상 살아도
인생

꽃가마 타고
한세상 산다고
마냥 행복한가?

바소고리 지고
한평생 살아도
행복하기만 한데,

풀잎에 내린
이슬을 깔고
별빛에 흐르는
바람을 이불 삼아
쳐다보는 밤하늘에
유성이 흘러간다

내 고향 밤

쪽 달이 창문을 기웃대고
소쩍새 애닮게 울어주니
촌부는 밤을 뒤척인다

댓돌에 나서니
흙 내음이
가슴에 스며들고

잠 못 이루는
개구리 소리에
동심으로 돌아간다

돌돌돌 흐르는 물소리
달빛 속에 잠긴 물안골이
무릉도원인가?

고향 밤이
좋을진대
주안상이 없을쏘냐

노모(老母)

질척거리는
진흙 길이었다

멀리 길 모롱이에는
힘들게 걸어가는
할머니 한 분

무엇이 그다지도 바빠서
뒤도 돌아보지 않고
힘겹게 걷고 있을까?

그냥
그렇게 걸어가고 계셨다
길 모롱이 돌아서면

휴식처라도 있는 것일까?
아니면 고개 넘어 할아버지가
기다리고 계시는가?

신에 묻은
흙이나
털고서 가시지

Super bluemoon이 뜨는 밤

반딧불이가 쌍쌍이
하늘로 날아오르고

풀벌레도
숨죽이며
동녘 하늘을 바라본다

인간의 존재 의미는
생존이 아닌
삶이라는데

나는 생존을 위해 존재했나
삶을 위해 살아왔나
생각에 잠긴 순간

동쪽 산 위로
슈퍼문이 솟아오른다

오늘이 몇 년 만에
지구와 가까워지는 달이란다

반딧불이가
달 속으로 들어가려는지
하늘 높이

자꾸자꾸 올라간다

슈퍼문 속에
그리운 얼굴이 있다

나도
반딧불이를 따라
달 속으로 날아오른다

물안골

봄이면
벼랑 틈에 힘겹게 매달린
분홍빛 진달래

여름이면
드문드문 있는 소나무가
더욱 짙푸르러 지고

가을이면
가슴에 멍든
세월의 상처가 보일까봐
운무를 가슴에 품고
단풍 모자를 썼구나

겨울이면
엉크런 가슴을
드러내는 물안골
벼랑을 스쳐가는
숨어 우는 바람소리가 들린다

은퇴 후
낙향하여
유유자적 생애를
보내다 보면

추억이 가슴에
소용돌이친다
작은 소용돌이는
끝내 토네이도가 된다

님 오시는 소리

흰 눈이 내리는 날
다시 만날 날을 약속했었지

노랑나비 날고
제비
처마 밑을 찾아들 때

님은 꼭 다시 온다고
언약했었지

짧으면서도
긴 긴 날
저려오는 기다림을 이겨내며
꼭 님은 다시 온다고
약속했었지

그리움

보이지 않는
홀씨로 번져가는
이끼처럼
촉촉한 그리움

말라버린 것 같으면서도
한 줌 쥐어보면
손안에 가득
그리움이
묻어난다

천년 풍상을 겪은
바위를 덮어버린
이끼의 수분같이

보이지 않으면서도
항상
내 곁에
서성이는
그리움

세월

내
언제
당신을
오시라 했소

내
언제
당신을
가시라 했소

사르르
문 열고
내 품에
잠들고

눈뜨면
내 품엔
또 다른
당신이 있고

오늘도
보드라운
당신의 속살에선
만물이 잉태되고

또

당신의 품속을

영원히

안주한다

오월 초야

그리움을 아는
여인의 그윽한 눈빛처럼
아스라이 번지는
노을이 진다

서산마루에 걸렸던
노을이 떨어지고
어두움이 성큼 다가온다

동녘 하늘 모퉁이에
반쯤 찬 달이 기우뚱 걸려 있고
하늘엔 잔별이
총총눈을 뜬다

오월 초야 달빛이
깃털처럼
어깨 위에 내려앉는
고요한 밤에
뒷동산 숲속에선
소쩍새가 운다

작년에도
왔었노라고
알리는 게지

내년에도

또 오겠노라고

약속하는 게지

여인이여!

여인이여!
그대는
앞동산에 피어나는
솜털 구름 같이 포근한
마음의 고향입니다

그대는
지친 몸을 이끌고
먼 길을 걸어가는
보헤미안의
마음의 고향입니다

애련에 떨고 있는
그대의 눈망울은
가을 단풍이 떨어지며일으키는
호수의 파문입니다

여인이여!
그대는
꺼졌던 불꽃을
다시 불러일으키는
화롯불 같은
그리움입니다

합천 해인사

가야산 깊은 골
맑은 물 흐르고
등 너머 불사에선
성철스님의 목탁 소리
아련히 들려옴직 한데

고요한 한낮에
애절한 매미 소리
일천 년을 살다간
고목도 있었어라
불도의 힘으로
국란을 막자던
팔만대장경도 있었어라

언제 또다시 올지
기약도 없건만은
휘돌아 감도는
인생의 무상이라

편도선 인생

인생은 항해다

칠흑 같은
어두움 속에서
거센 빗줄기를
헤쳐나가는
인생은 편도선 항해다

되돌아온다는
기약이야
아예 시간표에 없는
내 인생은
편도선 항해다

저 멀리
보일 듯이
아련한 불빛을 찾아서
방향타를 잡고
폭풍우와
낙뢰를 뚫고 나가는
내 인생은
편도선 항해이다

치악산

'코마코'를 닮은
당신을 사랑하는 나는
'시마무라'인가?

지난날의
사무치는 회한과
그리움의 절절함을
알기라도 하듯이
20년간 외도한 나를
특유의 사랑으로
감싸 주었다

처절하도록 아름답고
숭고한 자태에
난 몸을 부르르 떤다

'코마코'와 '시마무라'의
사랑 이야기처럼
가슴이 시리도록
아름다운 이야기

오늘은
머리에
예쁜 무지 빛깔의 관을 쓰고
잠 깬 나를
내려다본다

추목(秋木)

백운령 굽잇길을
말없이 넘는 님아

무겁게 짓누르는
그이의 압박 속에
타버린 옷자락에
벌거숭이 되어 서서

가을비 내리는 산에
흰 눈이 내릴 날만
고대하고 서 있구나

알몸이 안스러워
산자락이
보드라운
안개 이불로
살며시 덮어주면

추목(秋木)은
가녀린 어깨를
들먹이고 만다

민북(民北) 마을의 아침

주인 잃은 철모
녹슨 철마가
외롭게, 외롭게
지키는 길목
금강산 90킬로
이정표가 있는 땅

구멍 나고 거미줄 친
공산당 사무실엔
박쥐가 서식하고
낙엽이 나뒹구는
옛 건물이 있던 곳엔
초석만이 아련한데

한시도 쉬지 않는
초병의 눈동자
필승의 투지가 불타오르고,
눈 들어 앞을 보니
안개 덮인 백마고지가
손에 잡힌다

대남비방의 째지는 목소리가
귀를 멍하게 만들지만
갈대밭 비무장지대에는

노루가 뛰어놀고
자유 찾는 기러기만
외롭게 넘는구나

동강 잘린
분단의 아픔을 매만지며
통일 역군을 키우기 위해
나는 오늘도
밝아오는 동녘을 보며
힘찬 하루의 문을 연다

월현의 봄

돌 틈새 가련히 핀
제비꽃의 인사를 받으며
어머니의 옷고름 같은
고향에 든다

핏빛 진달래가
한바탕 쓸고 간 뒷동산에
연분홍 산철쭉이
눈을 간지럽히고
연못가 버드나무가
연둣빛 물감을 풀어낸다

저녁노을 물들자
휘영청 밝은 달이
처마 끝에
외등처럼 걸린다

달무리 아련하게 감도는
밤 뻐꾸기 소리,
뻐꾸기는
오늘도
밤이 깊도록
내 베갯머리에서
울어 옌다

저 밤 뻐꾸기는
오라지 않아도
내년 이맘때면
고향을 다시 찾겠지

마당에 내려서면
아까시 꽃향기가
코끝에 묻어난다

작열(灼熱)

풀잎 스치는
바람 소리가
하얗게 바랜 가슴에
불을 당긴다

여름내
이글거리는 태양 아래
모진 Hammer로
짓이겨지고
담금질 당한
단련된 가슴 위로
소나기가 한줄기 쓸고 간다

타다만
그리움의 아픔만
포말(泡沫)처럼 밀려온다

장도

길쭉한 장도진을
그렇게 막았나요

명사십리 해수욕장
만들어 주시고
동고리 백사장
만들어 주시려고…

할아버님 떠나신 지
천년이 넘었건만
아직도 할아버님 숨결이
살아서 숨 쉬는데

높으락, 낮으락
갈매기 유유히 날고
떠나는 배, 찾아오는 배
당신의 거두심이 아니겠소

고동 소리 뒤로하고
장도를 떠나간다.

장보고 할아버지를 기리며

유월 열사흘 밤

열대야 때문인가?
잠이 올 것 같지 않다

그렇게 기다리고 기다렸건만
저녁 식사를 마치고 기다렸는데,

마음이 허전하다
커피를 한잔 타서 데크로 나갔다
커피를 마시며
오늘 피울 담배를 다 피웠건만 담배로 손이 간다

깊이 드려 마셨다가 터진 구름 사이로
얼굴을 내민 달을 향해 뿜었다

아휴~ 담배 냄새!
달이 얼굴을 찡그린다

원하는 데로 다 볼 수는 없겠지만
본지도 여러 달 지나가니
마음을 달랠 길이 묘연하다
전에 술을 마실 때 같으면 한 다섯 병은 마셔야
쓰러져 잘 것 같은 기분이다

달아~~~

선녀가 나무꾼을 1년은 못 본단다
에휴, 어쩌겠냐
그래도 나무꾼이 기다려야지,
기다리고, 기다리고, 기다려야지~

그렇게 기다리다가 절대권자가
우리에게 주신 날은 자꾸만 가는 거야
언제까지인지 모르지만 정해진 날을 향해
한 발짝씩 자꾸 가는 거야
저 하늘에 구름 조각처럼 하루, 하루 지나가는 거야

내가 행복한 시간

나의 삶에서
너를 만남이 행복하다

내 가슴에 새겨진
너의 흔적들은
이 세상에서 내가 가질 수 있는
가장 아름다운 것이다

나의 삶의 길은
언제나
너를 만나러 가는 길이다

그리움으로 수놓은 길
이 길은 내 마지막
숨을 몰아쉴 때도
내가 사랑해야 할 길이다

이 지상에서
내가 만난 가장 행복한 길
늘 가고 싶은 길은
너를 만나러 가는 길이다

당신과 나의 삶

단풍잎이 물들고
물억새꽃이 희게 핀
쓸쓸한 가을날
억새꽃 그림자가 강물에 일렁였다

내 안을 들여다보면
하늘과 땅이 함께 있고
선과 악이 함께 있다
인간의 겉으로 보이는 모습은
결코 속과 같지 않은 법

마음속에 별을 따라가다 보니
당신을 만난 지
벌써 사반세기가 흘렀구나

35년간 제자들을 하산시키고
외로이 달빛 고갯마을에 앉아
다 익은 감 한 알이 되어
떨어질 날만 기다린다

떨어져서 천국이 될런지
천당이 될런지, 극락정토가 될런지
아니면 지옥이 될런지,

아니! 불교에서 이야기하는
윤회를 하려는지 모르는
기다림 속에서 살아간다

사반세기 전 당신에게서
흘러나오는 향기는
난(蘭)향이었고
달의 향이었고
가슴 저리도록 그리운 향이었다
지금도 나는 그 향을 따라간다

몸을 섞어야 인연이던가,
마음을 섞은 우리 인연은
인연이던가, 운명이던가

밤의 짧은 기억을
베어서 주옵시면
내 마음이 덜 아리지

아!
달빛이 이리도 눈부신 줄은
예전엔 미쳐
몰랐구나

월야(月夜)에 독작(獨酌)이라도
좋으련만
달빛에 내린 이슬인가?
눈이 젖어 오는구나

바람의 노래

돌아보면
길섶의 동자꽃 하나,
물소리였던가

돌아보면
여울가 조약돌 하나,

들리는 건 분명 네 목소린데
돌아보면 너는 어디에도 없고
아무 데도 없는 네가
또 아무 데나 있는 너

가을 산 해질녘은
울고 싶어라

내 귀에 짚이는 건 네 목소린데
돌아보면 세상은
갈바람 소리

갈바람에 흩날리는
나뭇잎 소리

그리움

늦은 밤 헤어질 때는
마음이 알싸하고
밤하늘은 밝은데
가슴엔 안개가 자욱하다

달이 크면
볼 수 있는데
그놈에 한 달은
왜 그다지도 긴지

그제도 보고 싶더니
어제도 보고 싶었다
오늘도 보고 싶으니
내일도 보고 싶겠지

동자꽃

진 감색 동자꽃이
한 아름 피었다

동자승이
백설 한풍에
배고픔 못 이기고
꽃이 되었다는
가슴 아린 이야기

꽃은 번민을 던져 버린
동자승의 미소로
오욕에 젖은
세상을 바라본다

제비나비가
어제도 찾았더니
오늘도
동자꽃을 찾았다

폭설에
산사로 돌아오지 못한
가사(袈裟) 걸친
주지 스님의
미안한

영령인가?
오늘도 동자꽃에
한참을 머물렀다

※ 꽃말: 당신만을 기다립니다.

상사화(相思花)

이른 봄 잎이 피고
팔월에 꽃이 피니
잎(葉)과 꽃(化)은
만나지를 못하누나

산사(山寺)에 스님이
탑돌이 하는
속세(俗世)의 여인에게
연정(戀情)을 품었으나

귀의(歸衣)한 몸으로
고백(告白)을 못하고
입적(入寂)한 후에
꽃 한 송이 되었더라

두고두고
그리워하는
꽃과 잎

애틋한 이름
상사화(相思花)
밤에만 피는 꽃

능소화

하늘을 능가하는 꽃
능소화

아름답고
마음씨 고운
소화가
님에 사랑을 받았어라

애타는 마음을
아는지 모르는지
한번 끊긴 발길은
다시는 오지 않고

깊은 밤
소화의 시선은
멀리 미리네를
바라보고

담장 밖
발자욱 소리에
귀를 기울여도 보고

목을 길게 늘여
담장 밖을

내다보던
소화는

그리움으로
별이 되어

뜨거운
한여름에
홀로 외롭게
피었어라

아직도
담장에 기대어
님을 기다리는
그 이름
능소화

환절(換節)

애달픈
스르라미 노랫소리
가는 여름을
아쉬워하고

소슬한
바람을 타고
흰 구름이 두둥실
흘러가면

아직도
가슴 한구석에
아련한 파문이
일어난다

아!
나는 고희가 아니라
마음은
십칠 세인가보다

그렇게
인생의 안개 강을
몇 구비
건너고 나니
청춘도 명예도
아침 햇살에 지는 이슬처럼
사라져 버렸구나

외길 인생(人生)

외로워서
책을 읽습니다
외로워서
글을 씁니다
외로워서
산책을 나섭니다

삶은 마라톤이라고 하던데,
인생은 바람 같다 하던데
이제 슬슬 그것을 이해할 나이가 됐어
하루가 쌓이는 것이 인생이란 걸 알았지

매일 뜀박질하지 못한다는 것도
내리막보다 오르막이 힘들다는 것도

몸에 물이 한창 올랐을 때
거친 숨 참고 한걸음에 달리기도 했고
힘들고 피곤할 때 주저앉아
세상 탓도 했지

사실은
세상은 가만히 있고
모든 것은 내가 만들어 가는
욕심이란 것을 너무나 잘 알면서도
그게 그렇지가 않다는 것을 말했지

쉬엄쉬엄 가면
들에 핀 가을 산국화꽃도 보이고
산에 멋들어지게 걸린 단풍 잎새도 보이고
팔월 초사흘 달이 앞산 밤고개에
눈썹처럼 걸려있는 것도 보이는데

걷다가 출출하면
소주도 한잔하고,
아무 데나 널브러져 낮잠도 자고…

그렇게 즐기던 세월은
뒤도 안 돌아보고
자꾸만 앞서간다

인생은 편도선
되돌아오는 티켓이 없는
편도선인데,
세월은 뒤도 안 돌아보고
저만큼 앞서간다

세월아!
은종이 너 따라가기가 숨이 찬데
좀 쉬었다 가면 안 되겠니?
세월아 네가 내 뒤를 따라오면 안 되겠니?

중국을 돌아보고

십리화랑 보지 않고
산수 보았다 하지 말며
황룡동굴 가지 않고
동굴 보았다 하지 마라

내딛는 발걸음마다
무릉도원 따로 없다

십리화랑 휘돌아
금병계곡 들어서면

좌우에 병풍처럼
산수가 둘러섰고

보봉호에 배 띄우니
세월 가는 줄 모르누나

바람길

연보라색 구절초 위로
고추잠자리 떼지어 날고
파란 가을 하늘에
풍덩 뛰어들어
헤엄치고 싶은
바람길 인생

나는 인생의
느린 걸음으로
삶의 빠름에
능숙하지 못해도
달팽이의 느림의 아름다움과

돌고래의 시간 속 출현을 위한
생의 긴 연습과 노고에
감사의 시선을 띄우며

아름다운 노을로 익어가는
삶의 원숙과
완숙미로 귀결된
무지개길 사랑으로 살면,

그리운 당신은
별을 보다가 만나기도 하고

꿈속에서 바람같이
오기도 한다

안개 속에 핀
들국화로도 나타나고
청명한 날에 핀
코스모스꽃으로도 온다

소쩍새 울고 간 날에는
보름달 속에서
그리운 얼굴이 웃고 있다
온 세상에
그리운 당신의
얼굴이 있다

설야(雪夜)

청산은 모든 것을 구별 없이 받아드린다
바람도 물도 바위도,
곧은 자작나무던 구부러진 소나무던
약초도 잡초도 선택 없이 품에 안는다
나무 또한 박새든 딱새든 산 까치 던 날아들면 갈무리한다

달뜨고 눈 오는 밤
보기 드문 날이다
달빛이 희끄무레
정원에 앉으면
하늘에선 눈이 내린다
그리움과 정(情)을 싣고
저만큼 율현(栗峴)이 잠겨있다
산등선은 아름다운
곡선을 그린다

내가 웃고있어도
울고있어도
해는 떴다 진다
내가
걷고있어도
자고있어도
세월은 간다

춘삼월 십오야(春三月 十五夜)

춘삼월 십오야
달 밝은 밤
*구구새
간간이 울음 울고

달빛은
교교히
마을에
내려앉는다

강 건너 마을에선
개 짖는 소리 들리고
연못에 개구리는
서방님을 부르고

물안골은
풍덩
보름 달빛에
목욕한다

자연이
내게 준
선물이다

*구구새: 올빼미의 강원도 방언

땡벌을 사랑한 남자

내 인생에
가장 잘한 일은
당신을
만난 것이고
내 인생에
가장 행복한 것은
당신을
사랑하는 것이다

수많은
계절이 바뀌고
세월이 흘러갔다
그러나
백두대간 준령처럼
변함없는
사랑은 자리한다

하늘에 태양이 있는 한
바늘에 실 가듯이
함께하며 살겠다

당신이 가끔은
땡벌이 되어
사정없이 쏘지만
본래 사랑은 아픈거야

밤바다(夜海)

어두움이
대지를 삼키고
바다를 삼키고
하늘을 삼킨다

대지도
바다도
하늘도
모두 캄캄하다
어디가 하늘이고
어디가 바다인가

해무가 나를 덮어서
어슴푸레 수평선만 보인다

그러나
마음속엔

하늘에
별들이 쏟아지고
바다엔
배들의
불빛이 흐른다

파도가
밀려오고
또 밀려와서
찰싹이며
살아온 세월을 지운다

지워져 가는
세월에는
번뇌와
사랑의
달콤함이 함께한다

찬란한 전통문화

반만년 맺힌 한을
흥으로 승화시킬 줄 아는 민족

압도적인 음색을 자랑하는 전통악기
끊어 질듯 이어지는 애절한 태평소 소리

아름다운 춤사위가 있는 나라
우아한 한국 전통 무용
더위 쫓는 부채가 한몫하고

저절로 온몸이
들썩여지는
조상이 주신
전통 장단에
벙거지 꼭지 위에
열두 발 상모가 춤춘다

오늘을 사랑한다

아침에
눈을 뜨면
내게 주어진
오늘이
내 마음을 간지럽힌다

오늘에 어제는
어제의 오늘이었고
오늘에 내일은
내일의 오늘이다

하루를 마치고
잠자리에 들면
내일에 오늘은
어떤 모습으로
내게 올까?

마냥
처음 보는
소녀의 얼굴 모습처럼
가슴 설레며
꿈속을 걷는다

마냥
꿈길을 걷게 하는
단 하루
오늘을 사랑한다

낙산(洛山)에 서면

79m의 산 위에
해수 관음상이 서 있다
바다를 바라보면
멀리 조각배 한점 떠 있고

머릿속에는
삼라만상이
춤을 춘다

신라 시대 만들어진 천년고찰 낙산사를 창건할 때
의상대사가 좌선 수행하였다는 자리에 위치한 의상대에서
"우주 삼라만상이 인간의 것이라 하셨고"

김수환 추기경은
"두 주먹을 쥐는 자보다는
두 손을 모으는 자가 더 강한 자라 하셨고"

법정 스님은
"착각 속에 헤매다가
꿈결같이 멀어지는 인생
사랑하는 내 청춘
심산유곡에 묻어놓고
허공 보고 손짓하네" 하셨으니

올 때는 혼자
울고 왔지만
갈 때는 여러 사람
울리고 가는 게 인생이란다

내 인생에
귀한 만남의 '인연'을
맺어준 당신들을 생각하면
바다는 인간의 잘못을
안아주고, 덮어주고, 묻어준다

그 위에서 해수 관음상은
빙그레 미소를 짓고 섰다

며느리

스치면 인연
스며들면 사랑이라는데

우리 집안에
살며시 스며든 며느리
아들과 사랑하니
선택을 했겠지만

한 식구가
되어줌이 고맙고
절대권자에
감사한다.

큰며느리는 마음이 넓고
막내며느리는 성격이 깔끔하다

내 며느리들은 봄이다
씨앗을 싹 틔우고
만물이 자라게 하는
사랑을 주는 봄

두 며느리는
세상을 살다가
막히면 돌아가고

갇히면 힘을 합쳐서
넘어가는 그런 삶의
지혜를 가졌다

남들은
내일, 다음에, 나중으로
미루며 살지만
내일, 다음에, 나중에는 없다고
힘껏 살아가는
모습이 고맙다

청산(靑山)에 살다

청산(靑山)이 어디 메뇨
내 고향이 청산이다

봄을 처음 맞이한다는
영춘포(迎春浦)

물을 안고 돈다는
물안골

아들이 과거 길에 오른다는
등자치(登子峙)

밤나무가 많다는
밤고개(栗峴)

고비가 많아
고비덕

치악산 자락에
자리 잡은
분지인 내 고향

마음
따사로운 사람들이

옹기종기 모여 살고

밤이면 달빛이
고요히 어깨에 내려앉는
달빛 고개 마을
월현리(月峴里).
이곳이 청산(靑山)이다

하루를 보내는 즐거움

흔히들 하루를 보내면
아쉬움을 갖는다
하루만큼 더 늙기 때문인가?
오늘 할 일을
다 못 했기 때문일까?

그러나
나는 하루가 가는 것이 즐겁다
하루, 하루가 가면
당신을 만나는 날이
다가오기 때문이다

오늘도
하루가 뒷동산을
넘어가니
그만큼
당신을 볼 수 있는 날이
가까워진다

이렇게
하루, 하루가 가는 것을
즐거워하는 사람이
세상에
나 말고 또 누가 있으랴!

비 오는 새벽

비 오는 날 새벽
하늘은 온통 잿빛으로
아직 날도 밝지 않았는데

아름다운 추억이
안개비
꽃개비
실비로 내리다가
소나기로 쏟아지기도 하고

비 오는 날이면
비 오는 날이면
가슴에는
지나간 추억들이
장마철에
여울목을
지나가는
물소리가 되어
울리기도 하고

그러다
처마에서 떨어지는
낙수처럼
대롱, 대롱
힘겹게 매달린다

인연(因緣)

사람이 살다 보면
시리도록
외로울 때도 있고
아리도록
그리울 때도 있습니다

인생칠십이되면
가히천심(千心)이라는데

모래알처럼
수없이 많은
80억 사람 중에
당신을 만나고
사랑한 나는
참으로 행복한 사람입니다

웃고 떠들고 놀다가도
홀연히 사라지는
신기루 같은 그 많은 인연

나는 바다에 모래알같이
많은 사람들과
인연을 맺고 싶지는 않습니다

비록
가진 것 많지 않은
청빈한 삶이지만
우리만의 사랑의 정원에
소망의 꽃씨를 거둘 수 있도록
당신과 함께 일구어 가는 삶은
내겐 세상 무엇과도 바꿀 수 없는
소중한 행복입니다

때로는
고난과 시련이 닥쳐와도
사랑으로 함께하는
당신이 곁에 있기에
얼마나 든든하고 감사한지 모릅니다

한겨울 소나무처럼
한결같은 사랑으로 지켜주고
보듬어 주는 당신이 있기에
살아가는 의미가 있습니다

곁에 있어도 늘 그리운 사람
한 생에 다하는 날까지
기쁨과 슬픔을 함께 나누며
나의 꿈과 소망이 되어주는 사람이

당신이어서 참으로 고맙습니다

지나온 세월 동안
두 마음이 함께 함에
고마운 마음뿐입니다

그저 생각과
느낌만으로도 만날 수 있으니
사랑하는 마음이
행복이라 여기며

사랑하는 마음은 꿈만 같고
현실의 삶을 초월할 수 없으니

그리움 속에
담겨있는 당신에게
그저 행복한 미소만 보냅니다

늘… 내 마음속에 당신이 있어
내 삶이 향기롭고
새로운 마음입니다

사람에 인연은
하늘만이 아는 법

달빛이 방안을 적시는 밤이면
맑은 그리움 하나 품고 살아
아름다운 마음으로 글을 쓰고
서로에게 기쁨이 되는
고운 인연으로 살아가렵니다

당신을 소중한 존재로
느끼고 그리워하면서
너무 많이 보고파 하지 않으며
그저 소중히 바라보며 아껴 주고
서로에게 아름다운
사랑이고 싶습니다

달 여울에 ✳ 마음을 씻고

인생(人生)

젊음은
그대들이 노력해서 얻은 것이 아니듯이
노인의 주름살도
그들이 원해서 생긴 것은 아니란다

봄에 피는 꽃보다
단풍이 아름다운 것은
그만큼 많은 세월을
가슴앓이하며
모진 풍상을 겪었기 때문이란다

젊은 여인네의
아름다운 메이커 옷보다도
화려한 염색 머리보다

할머니의
흰 저고리 무명치마와
은발이 아름다운 것은

은발 속에는
지나온 세월의 사연들이
숨겨져 있기 때문이란다

주(酒) 예찬(禮讚)

부엉이가 고즈넉하게 울어대는 깊은 밤
얼음장 밑으로 돌돌 흐르는 개울물 소리가
베게 밑에 잠들고 바람 소리가 문풍지를 흔들 때
나는 언뜻 잠들지 못하는 고뇌의 소리를 듣는다

자주 오는 고향 집이건만
오늘따라 긴 세월 방황하다
이제서 고향을 찾은 보헤미안처럼 그렇게 뒤척인다

지난 세월 들이 베갯잇을 적신다
엄청난 아픔이 가슴을 여며오면
또 한 번 긴 한숨을 토해낸다

무엇이 어떻게 될런지
알 수 없는 미로에 서서

그래도 난 빨간 벽돌로 집을 짓는다
정원엔 등나무 그늘이 있고
등나무를 타고 올라간 능소화가 흐드러지게 피어있다

그 옆에 봄에 꽃이 피었다 진
목련잎이 익어가고 돌 탁자에는 향기 진한 커피가 있다
그러나 난 그 커피를 마실 수가 없다

빨간 벽돌집 안으로 들어서면
커다란 거실이 있고

나는 그중에 한 병을 꺼내 탁자 위의 잔에 가득 부었다
입술을 적시며 목을 타고 넘어가는 술
짜르르 타들어 간다

몇 잔을 마신 나는 담배에 불을 붙여 문다
술이 너무 과한 탓인가?
내 몸과 마음을 태우고 있다
난로 위에 오징어처럼 몸이 오그라들며 타고 있다

가슴을 쥐어뜯으며 뒹굴어 보지만
결국 한 줌의 재가 되어 버린다

어느새 창밖이 밝아오고 있다
난 커튼 틈새로 들어오는 햇빛에 하얗게 타버린 재를 본다

창밖엔 박새들이 지저귀는데…

오늘은 울고 싶다

오늘은 울고 싶다
나이를 먹는 것이 서러워서도 아니고
살아온 세월이 기구해 서도, 애처로워서도 아니다
이제 잘 익어가고 있는 내 인생이 고맙고 기특하고,
자랑스러워서 춤이라도 덩실덩실 추며 울고 싶다

오늘은
명절이라 어수선한 세월에도 찾아온 자식들이 고맙고
주머니에 두둑이 용돈 챙겨주는 며느리들이 고맙고
재롱떠는 손주들이 예쁘고 사랑스러워서,

이 같은 호사를 나만 누리는 것 같아
세상에게 미안하고
이런 기쁨을 가슴에 안겨준 절대권자에 감사한다

나를 아는 모든 사람과 자손들에게 부탁하고 싶다
남은 세월 주신만큼 알뜰하게 살다가
절대권자의 품으로 돌아갈 때
이승에서 살다가,
온 곳으로 돌아감을 축하의 박수를 보내주길 바라며
오늘은 행복에 겨워서
덩실덩실 춤을 추며 소리 내어 울고 싶다

낙엽을 태우면서

계곡에 물 흐르는 소리도,
삼라만상 숨소리도 달라지는 계절!

낙엽을 치우려고 며칠 전 떠났던 시골집으로 들어왔다
집으로 들어오는 길을 낙엽이 자동차를 따라온다

봄에는 연둣빛 새싹으로 마음을 설레게 했고 여름에는 초록 잎으로
더위를 피할 수 있는 그늘을 만들어 주던 나뭇잎!

가을이 찾아오자 자기가 더 예쁘다고 노란 옷, 빨간 옷으로 갈아입
고 패션쇼를 하더니 며칠 지나니 아름답던 단풍은 퇴색되어 갈색으로
변해서 한 잎, 두 잎 나무와 손을 놓고 떨어져 버렸다

며칠 사이에 낙엽이 도로 위에 수북이 쌓였다
학창시절 교과서에서 읽었던 '백설부'와 '낙엽을 태우면서'라는 단원
이 생각나는 날이다

낙엽을 쓸어모아 소각로에 넣고 불을 지핀다
후두둑 거리며 불이 붙더니 파란 연기를 뿜어낸다
낙엽 타는 냄새가 구수하다

나뭇잎의 일생도 사람의 인생과 같다
사람도 갈 때 엔 빈손으로 가는 것을,
무엇이 아쉬워서 그렇게 살았을까?

모든 것이 태어나면 가는 것이 세상사 이치인데
낙엽은 가면서 후손을 위해 몸을 주는데…
절대권자의 품으로 돌아갈 때에는 가져갈 수 있는 것이
'미조하타 히로시'는 추억과 선행, 그리고 사랑이라고 하던데
진정 나는 무엇을 가져갈 수 있을까?
어느새 낙엽은 한 줌의 재로 변해버렸다

사랑하는 사람아!

이제 70km 전용도로 IC에 들어서고 있다
가고 싶지도 않고 반갑지도 않은데, 세월에 떠밀려서?
아니 앞서가는 세월을 가쁜 숨을 몰아쉬며 따라가고 있다

주변 친구들이 아프고, 수술하고,
급한 친구는 먼저 가고,
반갑지 않은 소식들이 들려온다
하기야, 이제까지 정신없이 살았으니 아플 나이도 되었지
살아온 날보다, 살아갈 날을 짧게 남겨 놓고 보니 지난날들이
차창 밖 풍경처럼 뇌리를 스친다
별, 별생각이 다 드는군

여느 CF처럼 정상에 오르고 싶다는 생각만으로
정상에 오를 수 없다는 것을 알게 될 나이가 되었나 보다

인생으로 보면 늦게 만난 우리지만,
남은 세월이라도 함께하고 싶은 사람아!
이생의 삶은, 저생으로 가기 위한 준비 과정이라는데,
이생에서의 행복은 사랑하는 사람을 사랑하며 사랑받고 사는 것이
최고의 행복이라는데,

내가 가장 사랑하는 사람아!
머리로 생각하지 말고 가슴으로 느끼며 살자…
이제 남은 인생 과속하지 않고, 연료 떨어트리지 않고

정속 주행해서 당신과 오래 살도록 노력할게…
당신이 아무리 나를 따라오려 해도 따라올 수 없는 것이
세월에 이치이니 건강관리 잘하며 함께 가자…
오늘도 하루를 잘 마무리하고 내일을 맞이하자

종심 지득(從心 知得)

자연이 빚은 조각 한 점,
파도가 그린 그림 한 폭을 벗 삼아 촌부(村父)로 살면,
세월은 지독했던 상처를 낫게 하고
강물처럼 흘러간다

끊어 질듯 이어지고 흐느끼듯 애잔한
나뭇잎에 바람이 스치는 소리,

지나간 세월 들이 축축한 가을비처럼 가슴을 파고든다
흐릿한 반달의 월광이 은가루처럼 뿌리는 밤이 오면,
마루 끝에 앉아
아지랑이처럼 쏟아지는 별빛도 보고,
흐린 날은 지붕에 내리는 빗소리도 듣고
가을이면 단풍나무에 쏟아지는 무지갯빛도 보고
땅 위에 가랑잎 구르는 소리도 듣고,

동해에 가면,
아! 짙푸른 바다에서는 거친 파도가 절벽을 기어오르다
산산이 부서져서 물속에 잠긴다
그래도 잠시 숨을 고르고 퍼렇게 멍든 몸으로
다시 절벽을 기어오르려 한다

고개를 돌려 산등성(嶺)을 보면 불타고 있는 석양,
한 서린 여인의 멍울진 가슴처럼

핏빛으로 물들어 가는 하늘,
한을 남긴 채 사라진다는 것은
언제나 슬프고도 아름다운 것이다
석양의 처절한 아름다움이 머리 위로 내려앉는다

머릿속 텅 비고 숨이 막혀온다

이 아름다운 자연이면 충분하다
아름다워도 미치도록 아름답고,
사랑해도 환장하게 사랑하고 싶은
조각 한 점과 그림 한 폭이다

백 년도 못살면서 천만년을 살 것처럼
아등바등 살아온 세월이 스쳐 간다

부귀와 명예를 찾아 이정표 없이 살아온 세월이 보인다
한 폭의 그림과 한 점의 조각,
이렇게 아름다운 그림이 세상에 존재하고 있다

한해의 마지막 문턱을 넘는 겨울 하늘은 시리도록 푸르다
내 가슴에 칼날처럼 내려앉는다

이것이 종심(從心) 지득(知得)인가?

어느 날 나의 삶

주어진 인생을 누군들 열심히 살지 않았을까만은
나 역시 최선을 다해서 살았다
이정표 없는 세상을 이정표를 만들어 가면서 걷다 보면
발 앞에 풀 한 포기 나무 한 그루를 이정표 삼아
먼 길을 걸어왔다
지치면 온 우리에게 내어준 나무 그루터기를 방석 삼아 쉬어도 보고,

시월의 햇살이 아낌없이 빛을 내어주듯이 살아오면서,
가끔은 자연을 안주 삼아 보약도 한잔 마시면서,
젊어서는 내가 성공적인 인생을 살 수 있을까?
하는 불안과 조바심도 있었다

명예! 그것은 남들이 알아주고 칭송하는 명예가 아닌
내 마음속에 정해놓은 고지에 도착해서 얻는
마음속의 명예를 위해 발걸음을 재촉도 했다

《추위에 떨어 본 사람만이
태양의 소중함을 알 듯
인생의 힘겨움을 경험한 사람만이
삶의 존귀함을 안다.
인간은 경험을 통해서
조금씩 성장해 간다.》
- 단테 아리기이라 -
의 말이 생각난다

시간은 흘러 한해도 마지막 빛을 발하며 산등성을 넘어간다

절대권자는 삼라만상, 우주 만물에 더도 덜도 없이
공평하게도 한 살씩 주셨다
안 받을 수도 더 받을 수도 없다
참 공평하시다

세월은 금방 간다
잡으려 해도 잡히지 않는 게
세월 아니던가
내일로 미루면
이미 늦은 시간이 된다
늘 곁에 있을 거 같지만
어느 날 뒤 돌아보면
많은 것이 곁을 떠났을지 모른다
사랑할 수 있을 때
아껴줄 수 있을 때
미루지 말고 사랑하라
아낌없이 사랑하라
하루하루가 마지막인 것처럼

바람 같은 세월이라 주름살이 늘어가고 이생과 저생의 삶은
절대권자가 결정한다던데…

나훈아 노래처럼, 테스형 그곳에 천국이 있던가요?

가문을 선택해서 태어난 것도 아닌데,
바람처럼 살다가 정이라도 있을 테면 앞바다에 잔물결이라도 이룰
테니 나를 본 듯 사시옵소서

눈이 부시도록 아름다운 바다!
잔잔한 듯하면서도 부서지는 파도!

우리가 입고 있는 도덕이란 옷을 벗어 던지면 자유로워질까?
깊은 계곡에 집 하나 짓고 산속에 들어가면 자유로워질까?

사람은 누구나 죽는다
그 죽음이 누구에게는
태산처럼 무거울 수도,
깃털처럼 가벼울 수도 있다

웃는 것은 예술이고 사는 것은 기술이란다
무엇이 나에게서 예술을 앗아갔나
예술을 겸한 기술로 살았으면 더 좋을 것을…

기억은 순서 없이 떠올랐다 사라져간다

배꼽 친구

잔잔한 바다 달리는 유람선, 송도 찍고, 태종대 등대를 돌아 출발지를 향하면서 흥을 돋우는 친구들, 우리나라 여자 테너 색소폰의 지존이라나? 음악도 좋고~~

송도에서 펄떡이는 회도 좋고 짜릿하며 목을 타고 넘어가는 소주 맛도 변함없고 친구들의 목소리도 변함없는데, 알게 모르게 주름살만한, 둘 늘었구나!

밤 깊어가는 줄 모르고 옛이야기 꽃피우다가 동창이 밝아 버렸다. 누나 같고, 엄마 같은 친구 복길이가, 새벽길 떠나는 친구들 빈속으로 갈까 봐서 챙겨주는 아침을 먹고, 언제나 시골집 뜨락 석탁(石桌)에서 마시는 찻잔 속의 달처럼 내 가슴속에 자리 잡고 있는 정숙이와 나보다 며칠 늦게 태어나 불만이 있어도 평생을 동생일 수밖에 없는 명옥이와, 어디 간들 항상 머슴 노릇 해야 하는 머슴아 친구들을 뒤로 두고 귀향길에 올랐다.

대구에서 중앙선에 올라 원주로 향해 버스는 아스팔트를 핥는다. 차창밖에 초록 오월이 펼쳐진다. 아름답다. 우리나라 산하는 어디를 가나 한 폭의 그림 같다.

그래! 친구들아 가을에 보자, 가을이야 해마다 찾아오겠지만 내년에 가을은 올해의 가을이 아니다. 올해의 가을은 올해의 가을이기 때문에, 누구에게도 두 번 주는 가을이 아니기 때문에…
만나서 우리들 인생에 남아있는 몇 개의 가을을 그림으로 그려보자.

출향가(出鄕歌)

꽃피는 춘삼월에
돌 틈새 제비꽃의 인사를 받으며 어머니 품속 같은 고향 집으로 찾아
온 지 벌써 칠 개월이 흘렀다

《핏빛 진달래가
한바탕 쓸고 간 뒷동산에
연분홍 산철쭉이
눈을 간지럽히고
연못가 버드나무가
연둣빛 물감을 풀어낸다
저녁노을 물들자
휘영청 밝은 달이
처마 끝에
외등처럼 걸린다
달무리 아련하게 감도는
밤 뻐꾸기 소리,
뻐꾸기는
오늘도
밤이 깊도록
내 베갯머리에서
울어 옌다
저 밤 뻐꾸기는
오라지 않아도
내년 이맘때면
고향을 다시 찾겠지

마당에 내려서면
아까시 꽃향기가
코끝에 묻어난다》

씨앗 뿌리는 봄이 가고
신록이 우거진 여름을 지나
절대권자는 올해도 나에게 풍년을 주셨다

나는 내년에 올라올 마늘도 심고 절대권자가 주신 풍년을
한 톨, 한 톨 알뜰하게 수확을 했다
봄부터 풀어 놓았던 보따리를 주섬주섬 싸기 시작했다
김장까지 해서 챙기고 겨울을 보낼 원주로 떠나려 한다
올겨울에는 친구들도 만날 수 있겠지?
하늘은 지금 눈이 아니라 비를 뿌리고 있다
이 비가 눈으로 내릴 것만 같다
아름답던 단풍이 퇴색되어 낙엽이 되어가는 모습을 보면서,
감국이 서리를 맞아 고개를 떨굴 때 고향 집을 나선다

고향아!
이제 내년 영춘포(永春布)에 봄이 올 때 다시 찾아오마
차에 시동을 걸며,
몇 해나 더 이렇게 다닐 수 있으려나?
멀어지는 물안골을 자꾸만 되돌아보면서
눈앞에 뽀얀 안개가 서린다

신축년 늦가을에

제3의 인생에 봄이 온다

퇴직한 지도 10여 년이 흘러갔다. 남들은 퇴직하면 제2의 인생길이라고들 하지만 나는 제3의 인생이라고 했다.

제1의 인생은 태어나서 직장을 잡을 때까지이고 제2의 인생은 직장 생활을 하고 가정을 이루고 자식을 얻고, 자식을 키우며 살아가는 인생에서 제일 긴 제2의 인생이다. 그리고는 제2의 인생길을 명예롭게 마무리 짓고 남은 인생을 국가에서 주는 녹으로 마무리하는 과정이 제3의 인생이다.

퇴직한 지도 강산이 변한다는 십여 년이 흘러가고 일 년 농사를 마무리하고 아파트가 있는 중소 도시 원주(原州)로 나왔다. 해마다 반복되는 두 살림이다.

꽃 피는 봄이 오면 내 고향 월현으로 들어간다. 밭에는 씨앗을 뿌리고 논에는 모를 심고, 옛날 할아버지께서 농작물은 주인의 발자국 소리에 큰다기에 새벽에 눈 뜨면 논, 밭을 돌아보며 농작물과 눈을 맞추고 밤새 잘 잤니? 인사를 나누고 들어와서 아침 식사를 한다. 한낮 더위를 피해서 적당히 일을 하고 저녁때 해가 뒷동산에 앉으면 다시 농장을 한 바퀴 돌면서 농작물과 인사를 나누는 하루의 일과를 반복하기를 십여 년이 지났다.

그런데 지난 해 가을에 농사를 마치고 원주에 나와서는 그냥 보내는 겨울이 너무나 아쉬워서 옛부터 관심이 있었던 기타학원을 찾았다. 3개월 수강권을 끊고 학원을 다녔다. 100일 동안 나름 최선을 다했다.

손가락 끝이 부풀고 껍질이 벗겨지기를 서너 번 반복하고 나니 백여 일이 지나가고 학원을 종강 할 날이 왔다. 나름대로 열심히 한 덕인지 웬만한 곡은 더듬을 수가 있게 되었다.

나를 위한 나의 삶을 살아가는 제3의 인생!

봄이 되어 부모님이 주신 농토를 가꾸려고 시골로 들어왔다. 낮에는 일을 하고 저녁에는 기타를 사랑한다. 기타를 치다가 밤바람을 쐬러 밖을 나섰다. 오월 보름밤에 밤 연꽃을 보려고 나섰더니 개구리들이 아름다운 합창을 한다. 개구리들은 잠도 없나 보다. 아니? 나처럼 나이가 들어서 잠이 없나 보다. 내일은 개구리에게 기타로 한 곡 들려줘야겠다. 이젠 기타를 벗 삼아 남은 제3의 인생을 즐겨 보련다.

제3의 인생에 봄이 오나 보다.

금강산을 다녀와서

우리나라 통일교육 담당 교사들로 금강산 견학을 보내준 적이 있다. 기억은 흐릿하지만, 2005년 여름이었나 보다. 우리나라 교사 약 70명은 대절해 준 버스를 타고 고성 금강산호텔에 임시로 만든 출국장에서 출국 수속을 받고 다시 버스에 올라 금강산으로 향했다. 우리나라 민통선을 지나 휴전선을 지나 북한으로 들어갔다. 그곳에서 북한 입국 수속을 받고 버스는 다시 북으로 갔다.

가다가 보이는 마을은 대한민국 60~70년대 모습 같았다. 마을에 지붕들은 함석지붕이었고, 도로 옆 냇가에는 아이들이 발가벗고 물놀이를 즐기고 소들은 한가로이 풀을 뜯고 있었다. 버스는 느릿느릿 약 30여 분을 달려 금강산에 도착했다. 그곳에서 호텔을 배정받았는데 10층 건물 중에서 8층에 배정받았다. 간단한 브리핑을 받고 식사 후 걸어서 온천을 갔다. 금강산에 온천이 있다니⋯ 온천 건물도 있고 밖에 나오면 노천탕이다. 함께 간 우리나라 교사들과 온천을 즐기고 호텔로 돌아왔다.

우리와 같은 민족이고 이산가족이 있는 북한이라 생각하니 감회가 새롭다. 함께 간 교사들과 제일 위층에 있는 스카이라운지로 술을 한잔 하러 올라갔다. 북한에서 운영하는 곳이라는데 음악도 틀어주고 북한 안내원들이 서빙을 한다. 대동강맥주 몇 병과 들쭉술을 한 병 시켰다. 안주는 마른안주다. 우리들은 수고비를 주기로 합의하고 달러를 조금 주었더니 주머니에 넣지 않고 가지고 가서 한 사람에게 준다. 조금 있다가 추가로 안주를 시킬 때 왜 수고했다고 주는 돈을 가져다주는가? 물었더니 자기네는 개인이 받지 못하고 받은 돈은 모두 거두어서 당에

바친단다. 역시 공산주의구나, 하는 생각을 했다.

이튿날

옛날 김삿갓이 감탄했다는 구룡연 코스를 탐방했다.

경쾌하고 시원하게 떨어지는 폭포와 사시사철 푸른 담(潭)과 소(沼)를 감상할 수 있는 구룡연 코스는 외금강을 대표하는 관광코스다. 산행시간은 상팔담 코스를 포함해 약 4시간쯤 걸렸다.

북측 음식점인 목란관에서 시작되는 구룡연 코스는 절경으로 널리 알려지고 나무꾼과 선녀의 전설이 있는 구룡폭포와 구룡연, 상팔담, 비봉폭포를 비롯하여 연주담, 옥류담 등 유명한 폭포와 연못들이 집중되어있는 곳으로서 계곡의 아름다움이 뛰어난 곳이었다.

계곡이 많은 만큼 아름다운 다리들도 많으며 다리 위에서 내려다보이는 계곡과 담소(潭沼)들의 풍경이 옥구슬을 모아 놓은 듯 맑고 청량했다.

코스를 돌고 내려와서 목란관에서 점심식사를 하고 호텔로 왔다.

오후에는 북측의 서커스 관람이 있었다. 우리나라에서도 서커스를 몇 번 보았지만 우리나라 서커스와는 차원이 달랐다. 하긴 우리나라 서커스는 시민의 날 행사에서 공연하는 것이었고, 북측은 국가적 차원에서 양성한 공연자들이라서 그런지 내가 보기엔 수준이 무척 높았다.

마지막 날은 일찍부터 서둘러서 만물상 코스로 출발했다. 버스가 올라가는 곳까지 가서 만물상으로 오르기 시작했다.

층암절벽과 기암괴석으로 이루어진 산악미가 인상적인 만물상은 산
행의 진미를 자아내게 하는 금강산관광의 절정을 이루는 코스이다.

올라가다 보면 가파른 철재 계단 코스가 있었다. 그곳에서 많은 관
광객 중 우리나라 할머니가 힘들게 오르고 계신 것을 발견하고 '할머니
많이 힘드시지요? '했더니 '젊은이 힘이야 들지만 이번 기회에 안 오면
내 평생 올 기회가 있겠소' 하신다.
'할머니 조심해서 오세요'하고 천선대에 올랐다. 천선대에서 바라보
는 북쪽으로 일만 이천 봉이 손에 잡힌다.

산행 시간은 망양대 코스를 포함해 약 4시간으로 대표적인 명소로는
천선대, 망양대, 안심대, 절부암, 귀면암, 삼선암, 만상정, 육화암, 관
음폭포 등이 있었다.

금강산의 웅장하고 기묘한 산악미를 대표하는 관광코스로서 이 구역
은 기암괴석과 울창한 숲이 잘 어우러진 절경을 자랑하고 있었다.

위로 오를수록 나무보다는 뾰족한 돌들이 많아 비가 온 후에는 일시
적으로 생기는 계절 폭포를 여러 곳에서 볼 수가 있었다.

만물상 코스의 묘미는 그 이름처럼 만물의 모습을 닮은 바위와 봉우
리를 보는 데 있다. 봉우리 구경을 하면서 코스의 끝인 망양대에 서면
깎아지른 듯한 산봉우리들이 발밑에 있어 온 천하를 얻은 듯했다.

정상을 돌아 출발한 곳으로 와서
삼일포, 해금강 코스로 이동을 했다.

관동 8경 중의 하나인 삼일포는 서른여섯 개의 봉우리가 병풍처럼 둘러싸여 있는 호수이며, 해금강은 여성적 해암미(海巖美)와 남성적인 산악미(山岳美)가 어우러진 절경을 자랑하고 있었다.
삼일포와 해금강 관광 시간은 각각 1시간가량 걸렸으며 대표적인 명소로는 봉래대가 있었다.

삼일포는 예부터 관동팔경의 하나인 이름난 호수로 그 풍경이 으뜸인 곳이다. 옛날에 어떤 왕이 하루만 머물다 갈 것을 삼일을 묵게 되어 삼일포라 했을 만큼 물이 맑고 선인(先人)들은 마치 선녀가 떨어뜨린 거울과 같다고 했을 정도였다.
해금강은 동해안에 펼쳐진 금강산으로 해안가의 기묘한 절벽들과 소나무가 우거진 많은 바위섬 등은 하늘이 만들어낸 최고의 작품이었다.

두루 금강산을 돌아보고 대한민국으로 돌아오는 우리 버스에 올랐다. TV에서 보았던 이산가족처럼 손을 흔들거나 아쉬워하는 사람은 없었지만 왠지 마음이 아리다. 내가 지금은 선택받아 금강산을 다녀간다만 내 평생 다시 와 볼 날이 있을까?
금강신을 뒤로하고 휴전선을 넘고 남방한계선을 넘을 때 버스에서 뒤돌아보니 금강산이 눈앞에 있다. 안 보일 때까지 눈에 담아 두었다.
내가 살고 있고 그리운 사람이 있는 우리나라에 도착했다.

보랏빛 진주 한 알

내 마음속에 보랏빛 진주 한 알이 있습니다.

처음 내 인생이 연둣빛 잎을 틔울 때 상채기로 자리 잡고 자라온 보랏빛 진주다.

처음에는 작은 상채기 인줄 알았는데 세월이 한해, 한해 가면서 가슴에 통증을 느낄 때 내 마음과 시간으로 상채기를 감쌌더니 오십 년이 흐른 지금 자줏빛 진주로 자랐습니다.

모래알 같은 씨앗이 해가 갈수록 커져서 이제는 밤알만큼 커졌다. 보랏빛 진주 목걸이를 만들어 걸어주고 싶다. 잘 어울릴 것 같습니다.

반세기 전 아름다운 추억을 가슴에 심어준 사람이 있습니다.

한탄강 맑은 물에서도

금학산 자락 눈 오는 밤에도,

경포대 파도에서도,

치악산 비로봉에서도,

조약돌이 파도에 부딪히는 서해안 꽃지 해수욕장에서도

무창포 갈림길에도,

부산 해운대 모래밭에도,

한라산 위에서도,

외국에 가면 자금성, 만리장성 위에도,

장가계, 원가계, 황산, 무릉도원에서도,

말레이시아 궁전에서도

싱가포르 사자상 앞에도,

일본 후지산을 바라보는 온천에서도,

아니 금강산 만물상에서까지 못내 붙어 다녔다

그렇게 긴 세월을 갈고 닦고 연마되더니 언제인가는 자줏빛 찬란한 보석으로 내 가슴에 자리 잡았다.

이제는 보랏빛 찬란한 진주를 반세기 세월로 줄을 꿰어 목에 걸어주고 싶다.

후손들에게

퇴직해서 10년을 살고 있는 사람이 이런 말을 했단다.

'10년이나 더 살 줄 알았으면 계획을 세우고 살걸'
이라고 말이다.

그렇다. 저녁에 자리에 누우면 오늘 한 일을 돌아보고, 내일 할 일을 생각한다. 무엇이 내일 할 일이고 무엇이 다음 날 해도 되는 일인지를 생각하는 것이 계획이다.

인생살이인 것이다.

계획 없이 살다 보면 대부분 사람이 눈에 보이는 일을 '조금 있다가, 다음에, 나중에, 내일 하지 뭐'라고 미루기 일쑤이다. 그러다 보며 미룬 만큼 늦어지는 것이다. 그러나 그렇게 보이는 일들을 다 처리하다 보면 몸은 지치고 피곤하기도 하다.

그런데, 이해인 수녀님은 '진정 아름다운 삶이란 떨어져 내리는 아픔을 끝까지 견뎌내는 겸손'이라고 하셨다. 삶이 힘들고 괴롭더라도 잘 이겨내라는 말씀으로 안다.

과거는 흘러갔고 미래는 아직 오지 않았으니 내 앞에 있는 현재, 오늘에 최선을 다하며 살 뿐이다.

세월과 시간은 흘러가는 물과 같아 잡을 수도 없고 되돌아오지도 않는다.

나는 아름답던 청춘을 세상에 뿌리고
부모님이 산기슭 숲속에 아담한 작은집 한 채 주셨으니
조그만 툇마루에 앉으면
풀벌레도친구가되고, 밤하늘의별도친구가되고,
뒷동산에서 노래하는 소쩍새도 친구가 된다.

우리 가족 모두가 앞날을 계획하고
현실에 충실해서 복 받은 미래를 맞이하길 바라면서,
모두 '오늘 걷지 않으면 내일은 뛰어야 한다'라는
생각으로 살면서 반성은 하되 후회는 하지 않는
삶을 살기 바란다.
나의 인생은 세월이란 배를 타고 흘러가는데
무지개다리를 건너는 날까지
절대권자가 내게 주신 삶을 아낌없이 알뜰하게 쓰고 가련다.

청산에 뜨는 별

1판 1쇄 발행 2025년 12월 15일

저자 장은종

교정 황윤 　**편집** 유주은 　**마케팅 · 지원** 이창민

펴낸곳 (주)하움출판사 　**펴낸이** 문현광

이메일 haum1000@naver.com 　**홈페이지** haum.kr
블로그 blog.naver.com/haum1000 　**인스타그램** @haum1007

ISBN 979-11-7374-241-5(03810)